ABC Short Stories

BILINGUAL EDITION: ENGLISH–FRENCH

ABC Petits Contes

JULES LEMAÎTRE

ILLUSTRATIONS BY
JACQUES ONFROY DE BRÉVILLE (JOB)

TRANSLATED BY
SARAH E. HOLROYD

Sleeping Cat Press (an imprint of Sleeping Cat Books)
http://sleepingcatpress.com
http://sleepingcatbooks.com

Cover design: Sarah E. Holroyd
Interior design: Sarah E. Holroyd

ISBN-13: 978-0-9864006-1-2

The original French edition was published in 1919 by Maison Alfred Mame & Fils, Tours; author Jules Lemaître (1853–1914); illustrator Jacques Onfroy de Bréville (called JOB, 1858–1931). Cover illustration also by JOB.

English translation by Sarah E. Holroyd (assisted by Astrida Liegis), copyright 2015.

Also available from Sleeping Cat Press

Bilingual Editions
The Picture of Dorian Gray, Bilingual Edition: English–French
Selected Works of Edgar Allan Poe, Bilingual Edition: English–French
Fables of Jean de La Fontaine, Bilingual Edition: English–French
Candide, Bilingual Edition: English–French
Shakespeare's Sonnets, Bilingual Edition: English–French
New Fairy Tales for Small Children, Bilingual Edition: English–French
The Tales of Mother Goose, Bilingual Edition: English–French
The Count of Monte Cristo, Unabridged Bilingual Edition: English–French, Vols. 1–4
The Last of the Mohicans, Bilingual Edition: English–French

Other Works
A Dickens Christmas: A Christmas Carol and Other Stories
The Storm is Coming: An Anthology
Trip of a Lifetime: An Anthology
Lords of the Housetops: Thirteen Illustrated Cat Tales

*This book is dedicated to our very dear friends,
the Owczarek-Boyer family.*

On pense souvent à vous.

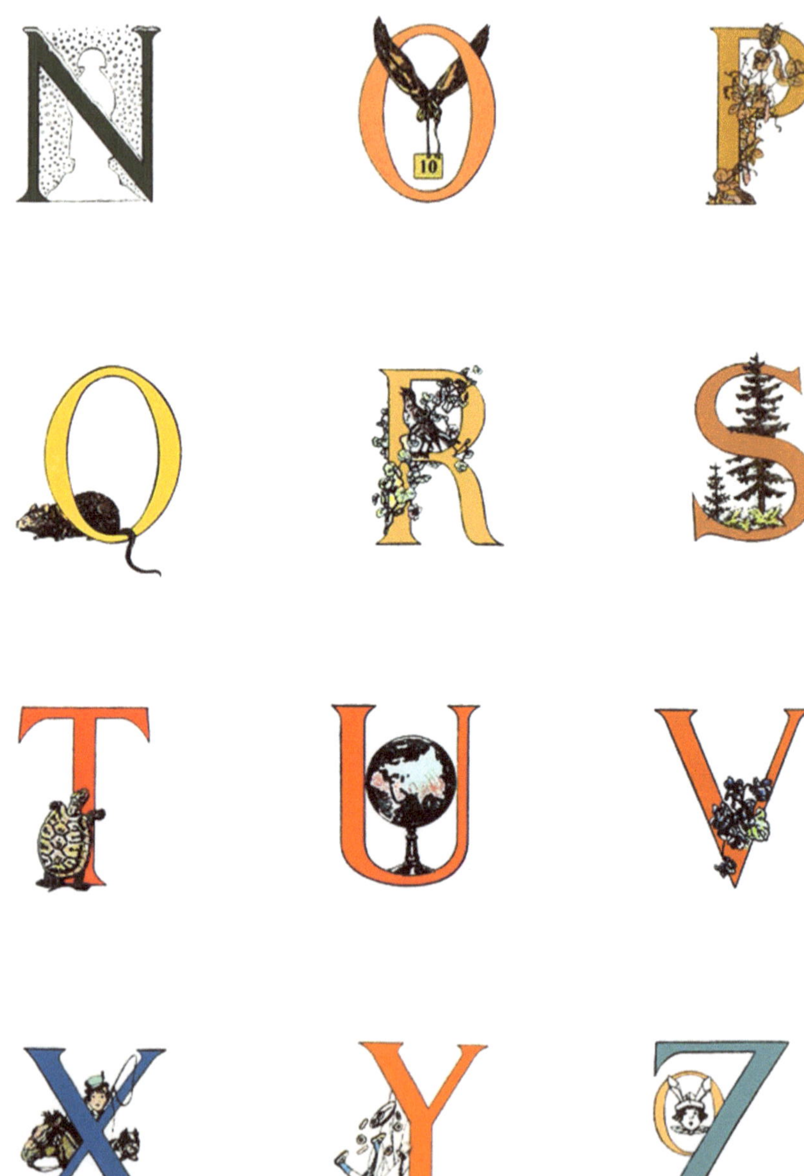

Table of Contents

INTRODUCTION

François Élie Jules Lemaître was born on April 27, 1853, in Vennecy, Loiret, in north-central France. He became well known in France for his literary criticism before becoming a professor at the University of Grenoble in 1883. This position only lasted for one year before Lemaître resigned to devote his time to literature. He became the drama critic for the *Journal des Débats*, and later for the *Revue des Deux Mondes*. His insightful writing on modern authors allowed him to be admitted to the French Academy on January 16, 1896. He died in Tavers, Loiret, on August 4, 1914, at the age of 61.

Learning a foreign language can be difficult. A common method of practicing sentence structure and increasing vocabulary is to read fiction or poetry in the foreign language. But pausing to consult a dictionary or grammar reference can break your concentration and disrupt the flow of the story. With a bilingual text, the native language text that corresponds to the foreign language is on the facing page, making it a much simpler matter to glance across the spine and consult the familiar wording.

Sleeping Cat Press is proud to present this series of bilingual English–French books. Given the nature of foreign language translations and the differences in grammar conventions between English and French, the same paragraph in each language is rarely made up of the same number of words. At times this leads to inelegant paragraph spacing. Some paragraphs in this volume are condensed, while others are widely spaced, and

there are some spaces between paragraphs. But it is essential for each paragraph to begin on the same line in both language versions, so these spacing inconsistencies could not be helped.

We hope you find this volume useful as you expand your understanding of the new language.

Sarah E. Holroyd

Preface

Jules Lemaître loved children. He had himself, when he was a professor at Grenoble, a little girl, Madeleine, who died at one month old and he was never consoled.

Later he became a wonderful godfather many times. Everyone knows the charming stories he wrote for his goddaughters and godsons, like *The Ideas of Liette, Princess Lilli's Love, Boum,* this strange little girl from Bagdad, and in the margin of the Tales of Perrault, *The White Rabbit and the Four-Leaf Clovers.*

In Paris, in his large studio in the Rue d'Artois, lined with pale gold tapestries, Jules Lemaître liked to entertain children, filling them with cakes and sweets and opening for them a mysterious chest in his library, which then spilled onto the carpet unexpected toys, collected with nearly as much love as the books.

It is thus that he was led to write an *Alphabet.* He began in the summer of 1913, in Royan, where he was spending a long holiday. He looked for subjects on his short-stepped walks—he was already out of breath—between the pines and the sea, and in the evening he told his tales, to "test" them, to my African nephews, laughing with them, or saying, disappointed when they remained indifferent: "This is ironic and too short! Like primitive people, children hate the spirit and love the detail; make it simpler!"

And the next day, he began his tale again.

One of his last joys, in May of 1914, when the doctor had forbidden any inventive work, was to recopy himself, increasingly

PRÉFACE

Jules Lemaître a beaucoup aimé les enfants. Il eut lui-même, lorsqu'il fut professeur à Grenoble, une petite fille, Madeleine, qui mourut au bout d'un mois et dont il ne se consola jamais.

Plus tard il devint un parrain multiple et délicieux. Tout le monde connaît les contes charmants écrits pour ses filleules et ses filleuls, comme les *Idées de Liette, les Amoureux de la Princesse Lilli, Boum*, cette étrange petite fille de Bagdad, et celui en marge des Contes de Perrault, le *Lapin blanc et les Trèfles à quatre feuilles*.

A Paris, dans son grand atelier de la rue d'Artois, tapissé de l'or pâli des précieuses reliures, Jules Lemaître se plaisait à recevoir des enfants, les comblait de gâteaux et de sucreries et ouvrait pour eux un bahut mystérieux de sa bibliothèque, qui répandait alors sur le tapis les jouets les plus inattendus, collectionnés avec presque autant d'amour que les livres.

C'est ainsi qu'il fut amené à écrire un *Alphabet*. Il le commença l'été de 1913, à Royan, où il fit un assez long séjour. Il en chercha les sujets en se promenant à petits pas,—il était déjà très essoufflé,—entre les pins et la mer, et le soir il racontait ses contes, pour les «essayer», à mes neveux africains, riant avec eux, ou disant, déçu quand ils restaient indifférents: «C'est ironique et trop bref! Comme les peuples primitifs, les enfants détestent l'esprit et adorent les détails; amplifions avec simplicité!»

Et le lendemain, il recommençait son conte.

Une de ses dernières joies, en mai 1914, alors que le médecin lui avait défendu tout travail inventif, fut de recopier lui-même,

tinier and lighter, the children's stories.

He received the proofs in Tavers, at the end of July.

Already his sight was failing. He looked, in melancholy, at the images, then said with a sad smile, "I am going to relearn to read my own alphabet!"

Some days later came the war, and Jules Lemaître had a heart attack that took him. However, he had again commanded me to correct the proofs, and, because of excessive scruples, directed me to report that all the stories were not entirely of his imagination, but that they were sometimes inspired by Andersen, Florian and even, in the case of *Ram*, the Schmid canon.

The war suspended the publication of the *Alphabet*. Today, only the Mame house offers to children, illustrated by Job, this last book from their great friend, who maintained until the end his tender and childish soul.

Neuilly, May 8, 1919
Myriam Harry

d'une écriture de plus en plus menue et immatérielle, les contes enfantins.

Il en reçut les épreuves à Tavers, fin juillet.

Déjà la cécité verbale l'avait accablé. Il regarda, mélancolique, les images, puis dit avec un navrant sourire: «Je vais réapprendre à lire dans mon propre alphabet!»

Quelques jours plus tard la guerre survint, et Jules Lemaître eut une crise cardiaque qui devait l'emporter. Cependant il songea à me recommander la correction des épreuves, et, par un scrupule excessif, me chargea d'indiquer que tous les contes n'étaient pas entièrement de son imagination, mais qu'il s'était inspiré parfois d'Andersen, de Florian et même, comme pour le Bélier, du chanoine Schmid.

La guerre suspendit la publication de l'*Alphabet*. Aujourd'hui, seulement, la maison Mame offre aux enfants, illustré par Job, ce dernier livre de leur grand ami, qui a su conserver jusqu'à la fin son âme tendre et puérile.

Neuilly, le 8 mai 1919.
Myriam HARRY.

ABCDEFGHIJKLM
NOPQRSTUVXYZ

ABC Short Stories

BILINGUAL EDITION:
ENGLISH–FRENCH

ABC Petits Contes

DONKEY

There once was, in a village, a poor old woman who had no one for company but a small donkey. She loved it very much, because it was smart and good, and it was always happy to carry on its back the vegetables from the garden to the market in the city.

But some mean boys made fun of the old woman and her small donkey when they met them on the road.

One day, they cried to the old woman:

"Hello, Mother Donkey!"

"Hello, my boys!" she answered them.

The donkey seemed to make fun of them in turn, shaking his ears, and the mean boys could not find anything to say.

ANE

Il y avait, dans un village, une pauvre vieille femme qui n'avait pour toute compagnie qu'un petit âne. Elle l'aimait beaucoup, car il était intelligent et bon, et il paraissait content de porter sur son dos les légumes du jardin au marché de la ville.

Mais de méchants garçons se moquaient de la vieille femme et de son petit âne quand ils la rencontraient.

Un jour, ils crièrent à la vieille femme:

«Bonjour, la mère âne!

—Bonjour, mes fils!» leur répondit-elle.

L'âne eut l'air de se moquer d'eux à son tour en remuant ses oreilles, et les méchants garçons ne trouvèrent plus rien à dire.

RAM

Bertha was a very silly little girl who always left the doors open.

Her mother, who was a farmer, often scolded her: because, when Bertha was gone, the dogs, chickens, and piglets made everything dirty.

But Bertha would not change her ways. One day while her mother was at the market, Bertha went to play in the garden and forgot, as usual, to close the door.

The farm's ram escaped from the barn and quietly entered the house.

Since he found no one there, he went up the stairs to the first floor, where he found the beautiful bedroom of Bertha's parents, with a mirrored wardrobe.

When the ram saw himself in the mirror, he thought it was another ram, and he threatened it with his horns; but the other ram made the same movement.

Furious, he stood on his hind feet, but the other ram stood up as well.

The ram threw himself with all his might at the mirror and

BÉLIER

Berthe était une petite fille très étourdie qui laissait toujours les portes ouvertes.

Sa mère, qui était une fermière, la grondait souvent: car, pendant l'absence de Berthe, les chiens, les poules et même les petits cochons salissaient tout.

Mais Berthe ne se corrigeait pas de son étourderie. Un jour que sa mère était au marché, Berthe alla jouer dans le jardin en oubliant, selon son habitude, de fermer la porte.

Le bélier de la ferme s'échappa de la bergerie et entra tranquillement dans la maison.

Comme il ne trouva personne en bas, il monta par l'escalier au premier étage, où il y avait la belle chambre des parents de Berthe, avec une armoire à glace.

Quand le bélier vit son image dans cette glace, il crut que c'était un autre bélier, et il le menaça de ses cornes; mais l'autre fit le même mouvement.

Furieux, il se dressa sur ses pattes; mais l'autre se dressa aussi.

Alors le bélier se jeta de toutes ses

broke it into a thousand pieces.

Then he went down the stairs and left the house, very proud to have made the other ram flee.

That evening, Bertha was severely punished by her mother, and I swear to you that she no longer leaves doors open.

forces contre la glace et il la brisa en mille morceaux.

Puis il descendit l'escalier et quitta la maison, très fier d'avoir mis l'autre bélier en fuite.

Le soir, Berthe fut sévèrement punie par sa mère, et je vous jure qu'elle ne laisse plus les portes ouvertes.

DUCK

A duck sat on a dozen eggs that had been put under her. Eleven of these eggs looked like duck eggs, but the twelfth was bigger and from a different species. The duck was very proud of this egg; she showed it to all the neighbors who came to see her and she said:

"See how big it is! I'm sure that out will come a beautiful duckling."

After some time, the mother duck heard, inside the eleven regular eggs, small taps from beaks, then chirps; then she saw coming out of the eleven eggs charming little ducks, dressed in yellow down. But the twelfth egg was late to hatch. And, although this made the mother a little uneasy, she said: "The child will be even more beautiful." And she patiently waited for it to hatch.

But, when the egg finally hatched, the poor mother was ter-rified. This was not a beautiful duckling, but an ugly animal, with a too-long neck, a too-big body, and he walked with his legs turned in, with no grace. His eleven brothers and sisters made fun of him, and the mother herself, when she led her children to the pond, was ashamed of him because everyone along the path said:

CANARD

Une cane couvait une douzaine d'œufs qu'on avait mis sous elle. Onze de ces œufs ressemblaient à tous les œufs de cane, mais le douzième était plus gros et d'une espèce différente. La canne était très fière de cet œuf; elle le montrait à toutes les voisines qui venaient la voir et elle disait:

«Voyez comme il est gros! Je suis sûre qu'il en sortira un superbe caneton.»

Au bout de quelque temps, la mère cane entendit, dans l'intérieur des onze œufs ordinaires, de petits coups de bec, puis des pépiements; puis elle vit sortir des coquilles onze petits canards charmants, habillés de duvet jaune. Mais le douzième œuf tardait à éclore. Et, bien que cela inquiétât un peu la mère, elle se disait: «L'enfant n'en sera que plus beau.» Et patiemment elle se remit à couver.

Mais, quand enfin l'œuf éclata, la pauvre mère fut épouvantée. Ce n'était pas du tout un superbe caneton, mais un vilain petit animal, avec un cou trop long, un corps trop gros, et qui marchait les pattes en dedans, sans aucune élégance. Les onze frères et sœurs se moquaient de lui, et la mère elle-même, quand elle conduisait ses enfants à la mare, avait honte de lui parce que tout le monde disait sur son passage:

"Oh! See the ugly duckling!"

No one wanted to play with him, and the poor little thing was very sad. He held his too-long neck to the sky as if to say: "Ah! Why was I born?" and then sadly folded his neck along his body and hid in the corner, dreaming.

One day when the others had made fun of him more than usual, he decided to leave his family. He walked for a long time before arriving at a lake where swans were swimming.

"Ah!" said the little ugly duckling, "How beautiful these birds are! Surely they will chase me away because I am too ugly."

And he was about to leave when a Grandmother Swan, who was resting on the shore, called to him:

"Hey! My child, where are you from and what is your name?"

"I came from the barnyard, madame, and I am called a duck. I left because my friends find me too ugly and do not want to play with me."

"Poor child!" said the Grandmother. "The fact is that you are not very pretty, but that is because you are tired and sad. Wait a little so that I can examine you. You remind me of a little one that I lost… Yes, there is no doubt about it, you are not a duckling, you are indeed a swan. It was the farmer who mistook one of our eggs for a duck egg; and what you took for your mother was only your incubator. Poor little orphan, come to me, sweetheart!"

Then the Grandmother called all the other swans, and she

told them the story of the ugly duckling.

"It is not so ugly as that," said the other swans.

And a gentleman swan, with a magnificent white bib

«Oh! voyez donc ce vilain petit canard!»

Personne ne voulait jouer avec lui, et le pauvre petit fut bien malheureux. Il tendait son cou trop long vers le ciel comme pour dire: «Ah! pourquoi suis-je né?» ou bien, le rabattant tristement le long de son corps, il restait à rêver dans un coin.

Un jour que les autres l'avaient houspillé plus que de coutume, il prit le parti de quitter sa famille. Il marcha longtemps devant lui et arriva près d'un lac où nageaient des cygnes.

«Ah! dit le vilain petit canard, que ces oiseaux sont beaux! Pour sûr ils me chasseront, car je suis trop laid.»

Et il se disposait à se retirer, lorsqu'une grand'mère cygne, qui se reposait sur la rive, l'interpella:

«Hep! mon enfant, d'où viens-tu et comment t'appelles-tu?

—Je viens de la basse-cour, madame, et je m'appelle canard. Je suis parti parce que mes camarades me trouvent trop laid et ne veulent pas jouer avec moi.

—Pauvre petit! dit la mère-grand. Le fait est que tu n'es pas bien joli, mais cela vient de ce que tu es fatigué et triste. Attends un peu que je t'examine. Tu me rappelles un petit-fils que j'ai perdu… Oui, il n'y a aucun doute là-dessus, tu n'es pas du tout un petit canard, tu es bien un cygne. C'est la fermière qui a dû glisser un de nos œufs parmi les œufs de cane; et celle que tu as prise pour ta mère n'était que ta couveuse. Pauvre petit orphelin, viens sur mon cœur!»

Puis la grand'mère appela tous les autres cygnes, et elle leur raconta l'histoire du vilain petit canard.

«Il n'est pas si vilain que ça,» dirent les cygnes.

Et un monsieur cygne, avec un magnifique plastron blanc et de beaux pieds vernis, déclara:

and beautiful varnished feet, declared:

"Let him stay with us, and in three months I will give him my daughter in marriage."

«Qu'il reste parmi nous, et dans trois mois je lui donne ma fille en mariage.»

YOUNG LADY
(DRAGONFLY)

Do you know what a "young lady" is?

A young lady is a long and pretty fly that lives near streams and ponds on a lily pad.

We call it a young lady because it has a thin waist, a green satin bodice, wings as delicate as the chiffon of your dresses, and because it often sits at the edge of its lily pad to look at itself in the water, like real young ladies look at themselves in their mirror.

DEMOISELLE

Savez-vous ce que c'est qu'une demoiselle?

Une demoiselle est une longue et jolie mouche qui habite près des ruisseaux et des étangs sur une feuille de nénuphar.

On l'appelle demoiselle parce qu'elle a la taille fine, un corselet de satin vert, des ailes aussi délicates que la mousseline de vos robes, et parce qu'elle se pose souvent au bord de sa feuille pour se regarder dans l'eau, comme les vraies demoiselles se regardent dans leur miroir.

SNAIL

I

There once was a gentleman and a lady snail who lived on a cabbage.

They were big, bold and shiny, and they should have been happy. But they had no children, and this made them very sad.

One day, a poor skinny little snail who was passing near their cabbage asked them for alms.

They asked him why and learned that he was an orphan.

Immediately Mrs. Snail, deeply moved, said to her husband: "What if we adopt him?"

"I will go to him with your offer," answered Mr. Snail.

And he left his house to embrace his new son.

After a short time, the little snail became big, fat and shiny. Then Mother Snail said to Father Snail:

ESCARGOT

I

Il y avait une fois un monsieur et une madame Escargot qui vivaient sur un chou.

Ils étaient gros, gras et luisants, et ils auraient pu être heureux. Mais ils n'avaient pas d'enfant, et cela leur manquait beaucoup.

Un jour, vint à passer près de leur chou un pauvre petit escargot maigre qui leur demanda l'aumône.

Ils le questionnèrent et ils apprirent qu'il était orphelin.

Aussitôt Mme Escargot, tout attendrie, dit à son mari:

«Si nous l'adoptions?

—J'allais te le proposer,» répondit M. Escargot.

Et il sortit presque entièrement de sa maison pour embrasser son nouveau fils.

En peu de temps, le petit escargot devint gros, gras et luisant.

Alors la mère Escargot dit au père Escargot:

"My dear, our son must marry. We must look for a pretty girl of our world, so that we have beautiful grandchildren."

"I will go to him with your offer," answered her husband. "But to whom should I turn for this?"

"From my green balcony," said Mrs. Snail, "I see the ant people…"

«Mon ami, il faut marier notre fils. Il faut lui chercher une jolie fille de notre monde, afin que nous ayons de beaux petits-enfants.

—J'allais te le proposer, répondit le mari. Mais à qui nous adresser pour cela?

—De mon balcon vert, dit Mme Escargot, je vois le peuple des fourmis…

ANT

II

"The ant people," said Mrs. Snail, "are an active people who are always coming and going on the roads of France and who must know many people well and be aware of many things. We will ask the ants if they know a young girl worthy of marrying our little snail."

"I will go to them with your offer," said Father Snail.

And he went down from his balcony with his wife to question the ants.

The ants answered:

"Precisely, we have what you need. A few meters from here, in a hole in an old wall, lives a young lady snail with a very pretty shell, whose parents were recently cooked. The poor thing is all alone in the world."

"She will not be alone for long," cried Mr. and Mrs. Snail together. "Go, I pray you, and ask her to marry our son."

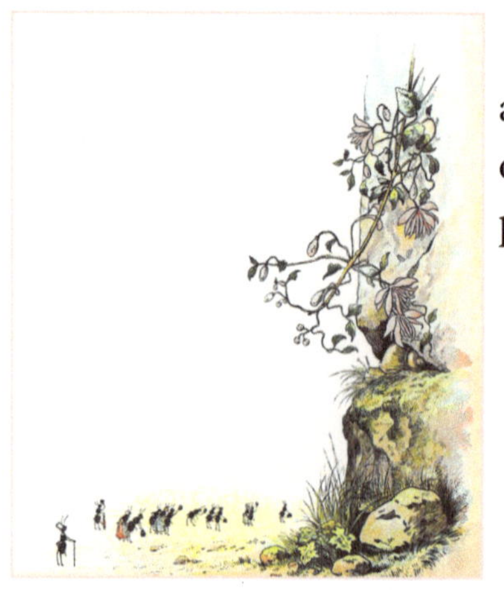

The ants set off on the road and arrived at the old wall where the orphan was crying because her parents had been cooked.

FOURMI

II

«Le peuple des fourmis, dit Mme Escargot, est un peuple actif qui va et vient sans cesse sur les routes de France et qui doit connaître beaucoup de gens et être au courant de beaucoup de choses. Nous allons demander aux fourmis si elles ne connaîtraient pas une jeune fille digne d'épouser notre escargoton.

—J'allais te le proposer,» dit le père Escargot.

Et il descendit de son balcon avec sa femme pour interroger les fourmis.

Les fourmis répondirent:

«Justement, nous avons ce qu'il vous faut. A quelques mètres d'ici, dans le trou d'un vieux mur, vit une demoiselle Escargot de la plus jolie coquille, dont on a dernièrement fait cuire les parents. La pauvrette est toute seule au monde.

—Elle ne restera pas seule longtemps, s'écrièrent ensemble M. et Mme Escargot. Allez, je vous prie, la demander en mariage pour monsieur notre fils.»

Les fourmis se mirent en route et arrivèrent près du vieux mur où l'orpheline pleurait ses parents qu'on avait fait cuire.

She was so happy at the proposal that she immediately gave her hand, even without knowing the adopted son of the old snails, and she hurried away, oozing joy all along the way.

But she didn't move very fast. So the ants made a chair from blades of grass and carried her on their shoulders. And so the poor orphan arrived, after several days, at the cabbage of her in-laws and into the arms of her fiancé.

Elle fut si heureuse de la proposition, qu'elle accorda tout de suite sa main, même sans le connaître, au fils adoptif des vieux escargots, et qu'elle se mit en marche, en bavant de joie tout le long du chemin.

Mais elle n'avançait pas vite. Alors les fourmis fabriquèrent avec des brins d'herbe une chaise à porteur qu'elles chargèrent sur leurs épaules. Et c'est ainsi que la pauvre orpheline arriva, après plusieurs jours, au chou de ses beaux-parents et dans les bras de son fiancé.

CAKE

Two children were given a large cake and a small cake and told:

"Share!"

The two children were a little girl of six and a little boy of four.

"Hey!" said the little girl. "Take this pretty little cake. I will eat the ugly big one."

"I like the big ugly one best," said the little boy.

"But it's so ugly!"

"Yes, but it's big!"

GATEAU

On avait donné à deux enfants un gros gâteau et un petit, en leur disant:

«Partagez!»

Les deux enfants étaient une petite fille de six ans et un petit garçon de quatre ans.

«Tiens! dit la petite fille, prends ce joli petit gâteau. Moi, je mangerai ce vilain gros.

—J'aime mieux le vilain gros, dit le petit garçon.

—Mais puisqu'il est vilain!

—Oui, mais il est gros!»

SWALLOW

Everyone knows that swallows go in winter to warmer countries and do not return until spring.

To make this long journey, the mother swallows gather their young around them. But one poor little swallow, who had fallen out of the nest one windy day, limped a little and could not fly away with her brothers and sisters.

She stayed sadly at the edge of the roof, where she lived without her family, and she would certainly have died of hunger, cold, and sorrow, if the children of the house had not rescued her.

They put her in a cage next to the stove; they fed her flies and worms, so that the swallow was in very good health and not limping at all when spring returned.

And when the swallow's parents returned from the warmer countries, the children opened the cage. The little swallow recognized her mother and, with cries of joy, threw herself into her wings.

HIRONDELLE

Tout le monde sait que les hirondelles s'en vont l'hiver dans les pays chauds et ne reviennent qu'au printemps.

Pour faire ce long voyage, les mères hirondelles rassemblent leurs petits autour d'elles. Mais une pauvre petite hirondelle, qui était tombée du nid un jour de grand vent, boitait encore un peu et ne put pas s'envoler avec ses frères et sœurs.

Elle resta tristement au bord du toit, d'où elle vit s'éloigner sa famille, et elle serait certainement morte de faim, de froid et de chagrin, si les enfants de la maison ne l'avaient recueillie.

Ils la mirent dans une cage, à côté du poêle; ils la nourrirent de mouches et de vers, si bien que l'hirondelle était en très bonne santé et ne boitait plus du tout au retour du printemps.

Et quand les parents de l'hirondelle revinrent des pays chauds, les enfants ouvrirent la cage. La petite hirondelle reconnut sa mère et, avec des cris de joie, elle se jeta dans ses ailes.

IBIS

In the backyard of a castle was found, among all kinds of birds, a pink ibis.

He was brought from Egypt by the son of the house, who was a great traveller.

In the beginning, they all had great respect for this noble stranger. As soon as the ibis spread his wings, the pigeons cooed:

"Oh! How handsome! One could say like a peach blossom!"

The chickens admired the elegant curve of his beak. The ducks, who had such short legs, looked longingly at the long legs of the ibis, which looked like they were painted Ripolin pink.

Flattered, the ibis walked to and fro. He spoke of his homeland of Egypt, of the Nile, of ostriches, of the pyramids, and the Cairo minarets.

First they listened with respect; but little by little they found that he always told the same thing.

The turkey said angrily:

"What rubbish!"

The Guinea fowl made fun of his drunken nose and a duckling was impertinent enough to ask how much the sticks that served him as legs cost per centimeter.

IBIS

Dans la basse-cour d'un château se trouva, parmi toutes sortes de volailles, un ibis rose.

Il avait été rapporté d'Égypte par le fils de la maison, qui était grand voyageur.

Au commencement, on eut beaucoup d'égards pour ce noble étranger. Aussitôt que l'ibis déployait ses ailes, les pigeons roucoulaient:

«Oh! que c'est beau! On dirait des pêchers en fleur!»

Les poules admiraient la courbe élégante de son bec. Les canards, qui sont si bas sur pattes, regardaient avec envie les longues jambes de l'ibis, qui semblaient peintes au ripolin rose.

Flatté, l'ibis marchait de long en large. Il leur parlait de sa patrie l'Égypte, du Nil, des autruches, des pyramides et des minarets du Caire.

D'abord on l'avait écouté avec respect; mais peu à peu on trouva qu'il racontait toujours la même chose.

Le dindon disait avec colère:

«Quel rabâcheur!»

La pintade se moquait de son nez d'ivrogne, et un caneton poussa l'impertinence jusqu'à lui demander combien les baguettes qui lui ser-vaient de jambes lui avaient coûté le centimètre.

Then the poor pink ibis retired to a corner. And he stood stiffly on one leg, dreaming of his country, of the Nile, the pyramids and the minarets.

Alors le pauvre ibis rose se retira dans un coin. Et il se tenait tout raide sur une patte, rêvant de son pays, du Nil, des pyramides et des minarets.

TOYS

A small city boy, Robert, had very expensive mechanical toys, that he always had to repair because they broke very often and then provided no amusement at all.

One day, he met a little country boy, Matthew, whose parents did not give any toys, but who made himself whistles, guns or pumps with elderberry, apricot pits and straws.

"Oh! How pretty and amusing!" said Robert. "Teach me how you do it."

Matthew taught him. Robert sold his mechanical toys to an

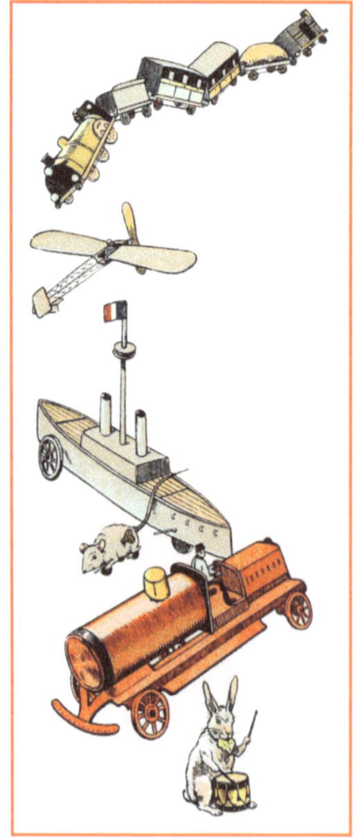

old bric-a-brac market since he no longer needed them, and with the money he received he bought cakes, which the two children ate with great appetites.

JOUETS

Un petit garçon de la ville, Robert, avait des jouets à mécanique, très chers, qu'il fallait toujours remonter, qui se cassaient très souvent et qui ne l'amusaient pas du tout.

Un jour, il rencontra un petit garçon de la campagne, Mathieu, à qui ses parents ne donnaient pas de jouets, mais qui fabriquait lui-même des sifflets, des canons ou des pompes avec du sureau, des noyaux d'abricots et des pailles.

«Oh! que c'est joli et amusant! dit Robert. Apprends-moi comment tu fais.»

Mathieu le lui apprit. Robert vendit à une vieille marchande de bric-à-brac ses jouets mécaniques devenus inutiles, et, avec les sous qu'il en retira, il acheta des gâteaux, que les deux enfants mangèrent de grand appétit.

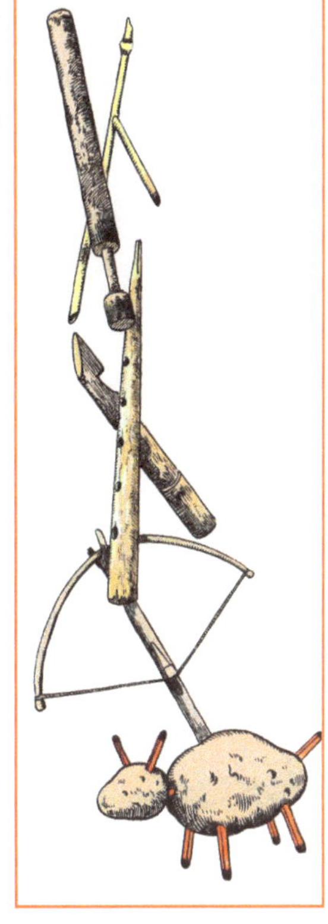

KANGAROO

Once upon a time, when kangaroos lived in Paradise, their front legs were as long as those behind.

But, because of the length of their legs, kangaroos became extremely good thieves. They had only to reach out and grab the branches to pick the most beautiful fruits, which they then stuffed in the large pockets they carry on their stomachs.

And so they stripped the trees of Paradise.

The other beasts, who could not do so, complained to God.

The Good Lord brought the kangaroos before him and, so that they might find it more difficult to steal fruit, he shortened their front legs.

Since that time, kangaroos have these stumps that you see in the picture, and the pocket on their belly they use only to hide their young.

# KANGOUROU

Du temps où les kangourous vivaient dans le paradis terrestre, leurs pattes de devant étaient aussi longues que celles de derrière.

Mais, à cause de cette longueur de leurs pattes, les kangourous étaient devenus extrêmement voleurs. Ils n'avaient qu'à étendre le bras pour attraper les branches et cueillir les plus beaux fruits, qu'ils  enfouissaient ensuite dans la grande poche qu'ils portent sur le ventre.

Ainsi ils dépouillaient les arbres du paradis.

Les autres bêtes, qui ne pouvaient pas en faire autant, se plaignirent au bon Dieu.

Le bon Dieu fit venir devant lui les kangourous et, pour qu'il leur fût plus difficile de voler les fruits, il leur raccourcit les pattes de devant.

Depuis ce temps-là, les kangourous ont ces moignons que vous voyez sur l'image, et la poche de leur ventre ne leur sert plus que pour y cacher leurs petits.

WOLF

When the wolf had eaten six little goats, his stomach felt so heavy that he went to take a nap behind the well.

He forgot to eat the seventh kid, who was hiding under the bed. So, when the mother goat returned from the market  with her basket on her arm, it was this little kid who told her the wolf had eaten his six young brothers.

"Ah! My children! My dear children!" cried the goat, wiping her eyes with a corner of her apron.

But, finding her courage, she took her last-born by the hand and began looking for the wolf. It wasn't long before she found him where he slept soundly behind the well, snoring with all his might.

"Listen, thief!" said the mother goat. "You will see!"

And, drawing from her basket a kitchen knife, with one stroke she cut through the wolf's belly along its entire length, and the six little kids jumped out and threw themselves on their mother's neck. Because the wolf had swallowed them so greedily, he hadn't taken the time to chew them and they were still alive.

The goat and the kids laughed and cried together for a moment, then the mother said:

"That's not all! Go quickly and find me six large stones. I

LOUP

Quand le loup eut mangé les six petits biquets, il se sentit le ventre si lourd, qu'il alla faire un somme derrière le puits.

Il avait oublié de manger le septième petit biquet, qui s'était caché sous le lit. Aussi, quand la mère chèvre revint du marché avec un panier au bras, ce fut ce petit biquet qui lui apprit que le loup avait mangé ses six petits frères.

«Ah! mes enfants! mes chers enfants!» chevrotait la chèvre en essuyant ses yeux avec un coin de son tablier.

Mais, retrouvant son courage, elle prit son dernier-né par la main et se mit à la recherche du loup. Elle ne fut pas longtemps à le trouver qui dormait sur ses deux oreilles derrière le puits et qui ronflait de toutes ses forces.

«Attends, brigand! dit la mère chèvre; tu vas voir!»

Et, tirant de son panier un couteau de cuisine, d'un seul coup elle fend le ventre du loup dans toute sa longueur, et les six petits biquets sautent au cou de leur mère. Car le loup les avait avalés si goulûment, qu'il n'avait pas pris le temps de les mâcher et qu'ils étaient encore en vie.

La chèvre et les biquets rirent et pleurèrent ensemble un instant; puis la mère dit:

«Ce n'est pas tout! Allez vite me chercher six grosses pierres.

am going to put them in the wolf's belly, and then I will close up his skin. Like that, he will not perceive anything when he wakes up."

When all was finished, the mother and her children hid, to see what would happen to the wolf.

After a moment, he woke up, rubbed his eyes, then felt his belly.

"It is so hard!" he groaned. "No doubt I have not digested well. Ah! I know, I forgot to drink."

And, rising, he went to the well. In his stomach, the six stones made a strange noise.

"I truly do not know what rattles about like that in my belly!" said the wolf.

And he bent to drink.

But the movement threw the stones one on the other in the wolf's stomach, their weight dragged him forward, and the old thief fell head-first to the bottom of the well.

Then the goat and her seven little ones danced joyously around the well.

Je vais les mettre à votre place dans le ventre du loup, et je lui recoudrai la peau. Comme cela, il ne s'apercevra de rien à son réveil.»

Quand tout fut terminé, la mère et les enfants allèrent se cacher, pour voir ce que ferait le loup.

Au bout d'un moment, il se réveilla, se frotta les paupières, puis se tâta le ventre.

«Comme il est dur! grogna-t-il. Sans doute je n'ai pas bien digéré. Ah! je sais, j'ai oublié de boire.»

Et, se levant, il alla vers le puits. Dans son ventre, les six pierres faisaient un bruit étrange.

«Je ne sais vraiment pas ce qui cogne comme cela dans mon ventre!» dit le loup.

Et il se pencha pour boire.

Mais ce mouvement précipita les pierres l'une sur l'autre dans l'estomac du loup, leur poids l'entraîna en avant, et le vieux brigand tomba la tête en bas dans le fond du puits.

Alors la chèvre et ses sept petits dansèrent autour du puits une ronde joyeuse.

SPARROW

In a field of millet, sparrows were pecking the grains. The miller's cat watched them for a long time, but failed to catch them; as soon as he approched them, the birds flew away.

"I will take you just the same, little fools," said the cat while planning a trick.

He went to soak one of his front paws in the stream, then he ran to the mill and stuck it in a pile of millet seeds, so that the grains stuck all over his wet paw.

"So," he said, "my paw will look like a big ear of millet, and the birds will try to take it."

Hopping, he made it to the millet field, lay down on his back and lifted his paw into the air.

The birds took it for an ear and began to peck at the grains.  Then quickly, with his other paw, the cat trapped them.

Soon the sparrows perceived the trap, and they searched for another field. But one of them, who had nearly been eaten, took such a fright that he took every ear for a cat's paw, and vowed only to eat the fruit that hangs from the branches of trees.

MOINEAU

Dans un champ de millet, les moineaux venaient picorer les épis. Le chat du meunier les guettait depuis longtemps, sans réussir à les attraper; car, aussitôt qu'il s'approchait, les oiseaux s'envolaient.

«Je vous prendrai quand même, petits nigauds,» dit le chat en méditant une ruse.

Il alla tremper une de ses pattes de devant dans le ruisseau, puis il courut au moulin la plonger dans un tas de millet en grain, de façon que les grains restèrent collés autour de sa patte mouillée.

«Ainsi, se dit-il, ma patte ressemblera à un gros épi de millet, et les oiseaux s'y laisseront prendre.»

A cloche-pied, il gagne le champ de millet, s'y couche sur le dos et lève la patte en l'air.

Les oiseaux la prirent pour un épi et se mirent à en picorer les grains. Alors vite, avec l'autre patte, le chat les attrapa.

Bientôt les moineaux s'aperçurent du piège, et ils cherchèrent un autre champ. Mais l'un d'eux, qui avait failli être mangé, en garda une telle frayeur, qu'il prit désormais chaque épi pour une patte de chat, et jura de ne plus manger que des fruits pendus aux branches des arbres.

Snow

Four little girls looked out the window at the falling snow. They were born in the Far East, where it was never very cold, and this was the first time they had seen snow.

"What can it be?" said Leila, the smallest.

"I know," answered Cora. "They are cleaning the sky, and this is the Holy Virgin fluffing her feather bed."

"Not at all," declared Myriam, "This is not feathers, but small pieces of paper, and this is the angels emptying the bins where baby Jesus threw the letters children write to him at Christmas. Yes, yes, I am sure, I recognize my paper."

"Me," said the greedy Sephora, "I think this is sugar. If only we could taste it!"

But Daniel, their older brother, who had been listening, laughed at them:

"Neither sugar, nor torn letters, nor feathers! This is snow, snow like there is every year in Europe, snow with which we make snowballs and snowmen. We will make some tomorrow, if you are good."

"What a pity that it isn't sugar!" sighed Sephora, pressing her tongue on the glass.

Neige

Quatre petites filles regardaient par la fenêtre la neige tomber. Elles étaient nées en Orient, où il ne fait jamais très froid, et c'était la première fois qu'elles voyaient de la neige.

«Qu'est-ce que cela peut bien être? dit Léila, la plus petite.

—Je sais, répondit Cora. On fait le ménage au ciel, et c'est la Sainte Vierge qui bat son lit de plumes.

—Pas du tout, déclara Myriam; ce ne sont pas des plumes, mais des petits bouts de papier, et ce sont les anges qui vident les corbeilles où le petit Jésus a jeté les lettres que les enfants lui écrivent à Noël. Oui, oui, j'en suis sûre, je reconnais mon papier.

—Moi, dit Séphora la gourmande, je crois que c'est du sucre. Si seulement on pouvait goûter!»

Mais Daniel, leur grand frère, qui avait tout entendu, se mit à rire:

«Ni sucre, ni lettres déchirées, ni plumes! C'est de la neige, de la neige comme il y en a tous les ans en Europe, de la neige avec laquelle on fait des boules de neige et un bonhomme de neige. Nous en ferons un demain, si vous êtes sages.

—Quel dommage que ce ne soit pas du sucre!» soupira Séphora en passant sa langue sur la vitre.

EAR

When Noah had gathered the animals before the ark, he said to himself:

"All these beasts will surely argue and bite their ears. It would therefore be wise to take away their ears before they enter the ark. They will get them back when they leave."

He installed a cloakroom and gave the order to his sons to store the ears there, as the beasts presented themselves.

The first was the camel; then came the horse, then the cow, then the dog, the sheep, the pig, the cat, the elephant, the rabbit, and finally the donkey. And all, as Noah had commanded, removed their ears, and received in exchange a cloakroom number, attached to a cord that went around their neck.

With these precautions, peace reigned in the ark for the forty days that the flood lasted.

On the forty-first day, Noah said to the animals:

"Here are the good times come. I will give you back your ears, and you can go home."

Then, one after the other, all the beasts entered the cloakroom, and they received their ears in exchange for the number.

The camel came second to last. There were only two pairs of ears remaining: his very large ones, and those of the donkey, very small.

But before the good camel could show his number, the

OREILLE

Quand Noé eut rassemblé les animaux devant l'arche, il se dit:

«Toutes ces bêtes vont sûrement se disputer et se mordre les oreilles. Il serait donc prudent de leur enlever les oreilles avant leur entrée dans l'arche. On les leur rendra à la sortie.»

Il fit installer un vestiaire et donna l'ordre à ses fils d'y ranger les oreilles, à mesure que les bêtes se présenteraient.

Le premier fut le chameau; puis vint le cheval, puis la vache, puis le chien, le mouton, le cochon, le chat, l'éléphant, le lapin, et enfin l'âne. Et tous, comme Noé l'avait commandé, ôtèrent leurs oreilles, et tous reçurent en échange un numéro de vestiaire, attaché à un cordon qu'ils passèrent autour de leur cou.

Grâce à ces précautions, la paix régna dans l'arche pendant les quarante jours que dura le déluge.

Le quarante et unième jour, Noé dit aux animaux:

«Voilà le beau temps revenu. Je vais vous rendre vos oreilles, et vous pourrez retourner chez vous.»

Alors, l'une après l'autre, toutes les bêtes passèrent au vestiaire, et elles reçurent leurs oreilles en échange du numéro.

Le chameau arriva l'avant-dernier. Il ne restait plus que deux paires d'oreilles: les siennes, très grandes, et celles de l'âne, toutes petites.

Mais avant que le bon chameau pût montrer son numéro, l'âne lui

donkey passed between his legs and began to bawl:

"Mr. Noah! Mr. Noah! Give me my ears. It's that large pair, there. I am in a hurry!"

Father Noah was so tired that he paid no attention to the wrong number that the sneaky donkey gave him.

"You are giving me a headache! Look, here are yours, now leave!"

And Noah gave the camel's superb ears to the donkey, who fled in a fit of joy.

When the camel finally opened his lips to claim his due, there was in the cloakroom only the donkey's ears, with which he had to be content.

And that is why the camel, which is a large beast, has such short ears, while the donkey, which is much smaller, has such long ones.

passa entre les jambes et se mit à brailler:

«Monsieur Noé! monsieur Noé! donnez-moi mes oreilles. C'est cette grande paire-là. Je suis très pressé!»

Le père Noé était si fatigué, qu'il ne fit pas attention au faux numéro que lui remit l'âne sournois.

«Tu me casses la tête! Tiens, voilà ton bien, décampe!»

Et Noé donna les superbes oreilles du chameau à l'âne, qui s'enfuit en pétaradant de joie.

Quand le chameau ouvrit enfin ses babines pour réclamer son dû, il n'y avait plus dans le vestiaire que les oreilles de l'âne, dont il dut se contenter.

Et voilà pourquoi le chameau, qui est une bête de grande taille, a des oreilles si courtes, tandis que l'âne, qui est beaucoup plus petit, en a de si longues.

PEA

There was once a prince who wanted to marry.

He wanted to marry a princess, but each of those presented to him seemed not to be a princess.

Then, one stormy day, they heard the bell at the castle gate.

The king opened it himself, and he found before the gate a young girl whose clothes were soaked, hair disheveled and whose shoes were covered with mud.

She was almost like a beggar. But, when the king asked her who she was, she answered that she was a princess.

The king made her enter the castle.

"We will see if this is truly a princess," thought the queen.

She ordered the servants to prepare a bed for the young girl, but to put a pea under the twenty mattresses that made up the bed.

The next morning, the queen asked the young girl how she had slept.

"Very badly," answered the girl. "There was something, I know not what, very hard and round in my bed; I have bruises all over my body."

"What joy!" thought the prince, who had been listening behind the door. "To have skin so fine, this must truly be a princess."

And immediately he asked for her hand.

POIS

Il y avait une fois un prince qui voulait se marier.

Il voulait épouser une princesse, mais aucune de celles qu'on lui présenta ne lui parut assez princesse.

Or, un jour d'orage, on sonna à la grille du château.

Le roi alla ouvrir lui-même, et il trouva devant la grille une jeune fille dont les vêtements étaient trempés, les cheveux défaits et les souliers couverts de boue.

Elle avait presque l'air d'une mendiante. Mais, quand le roi lui demanda qui elle était, elle répondit qu'elle était une princesse.

Le roi la fit entrer au château.

«Nous allons bien voir si c'est une princesse,» pensa la reine.

Elle ordonna aux servantes de préparer un lit pour la jeune fille, mais de mettre un pois sous les vingt matelas qui composaient ce lit.

Le lendemain, la reine demanda à la jeune fille comment elle avait dormi.

«Très mal, répondit-elle. Il y avait je ne sais quoi de dur et de rond dans mon lit; j'en ai des bleus sur tout le corps.

—Quel bonheur! pensa le prince, qui avait écouté derrière la porte. Pour avoir la peau si fine, il faut bien que ce soit une véritable princesse.»

Et tout de suite il lui demanda sa main.

TAIL

A family of rats lived in a cave full of merchandise.

The rats found life there very good, because there were a lot of good things to eat, especially soap and candles.

There were also many, many barrels. They didn't know what these contained. But one day Mother Rat discovered a barrel with the plug gone. She sniffed, then she stuck her tail in the hole and withdrew it to taste.

"What luck!" she cried to herself. "This is currant syrup. Quickly my children, treat yourselves!"

But the little rats slipped on the belly of the barrel and couldn't reach the top. Stuck below, they cried with rage and greed.

Then Mother Rat had an idea. She went again to stick her tail in the hole; then, when her tail was well soaked with syrup, she ran to the edge of the barrel and, turning, let it hang down.

The little rats, standing on their back legs, could reach it, and each in turn licked the tip of the tail, as if it were a candy.

Twenty times, a hundred times, Mother Rat went from the hole to the edge of the barrel.

QUEUE

Une famille de rats habitait dans une cave remplie de marchandises.

Les rats s'y trouvaient fort bien, car il y avait beaucoup de choses bonnes à manger, surtout du savon et de la chandelle.

Il y avait aussi des tonneaux et des barils. On ne savait pas ce qu'ils contenaient. Mais un jour la mère Rat découvrit un tonneau dont la bonde était partie. Elle flaira, puis elle plongea sa queue dans le trou et la retira pour goûter.

«Quelle chance! s'écria-t-elle, c'est du sirop de groseille. Vite, mes petits, venez vous régaler!»

Mais les ratons glissaient sur le ventre du tonneau et ne pouvaient arriver au sommet. Restés en bas, ils pleuraient de dépit et de gourmandise.

Alors la mère Rat eut une idée. Elle alla de nouveau plonger sa queue dans le trou; puis, quand sa queue fut bien imbibée de sirop, elle courut au bord du tonneau et, se retournant, elle la laissa pendre.

Les ratons, en se haussant sur les pattes de derrière, purent l'atteindre, et chacun à son tour lécha le bout de la queue, comme si c'était un sucre d'orge.

Vingt fois, cent fois, la mère Rat alla de la bonde au bord du tonneau. En

In some days, it was half empty, and Mother Rat's tail was not long enough to soak in what was left of the syrup.

But a little later there was another barrel that was half smashed.

"This will be more convenient," said Mother Rat to herself.

And, without taking the precaution of sniffing, she stuck her tail to the bottom of the barrel.

But, when she tried to retrieve it, she gave a cry of pain. Her tail would not come, her tail was stuck, her tail was pressed into a glue barrel.

quelques jours il fut à moitié vide, et la queue de la mère Rat n'était plus assez longue pour tremper dans ce qui restait de sirop.

Mais un peu plus loin il y avait un autre baril qui était à moitié défoncé.

«Ce sera encore plus commode,» se dit la mère Rat.

Et, sans prendre la précaution de flairer, elle plongea sa queue au fond du tonneau.

Mais, quand elle voulut la retirer, elle poussa un cri de douleur. Sa queue ne venait pas, sa queue était collée, sa queue s'était enfoncée dans un tonneau de glu.

NIGHTINGALE

The emperor of China had in his garden a nightingale named Bulbul which was his friend.

Bulbul came to eat from his hand, and, at night, when the emporer couldn't sleep, Bulbul sang so well, that the emperor forgot all the worries of his role.

But one day his minister told him:

"I know a nightingale that sings also in the day and that has very beautiful plumage."

And he brought the emperor a painted bird of brilliant colors and gave him a key to make it sing.

And the emperor found the new nightingale so pretty, and he listened so often to its song, that he forgot his Bulbul. And Bulbul would have died of hunger if the cook's granddaugher hadn't adopted him.

But, while working the mechanical nightingale, the key broke, and the bird stopped singing.

No one could mend it, and the emperor became so sad that he fell gravely ill.

But one night when he was near to death, he suddenly

ROSSIGNOL

L'empereur de Chine avait dans son jardin un rossignol qui s'appelait Bulbul et qui était son ami.

Bulbul venait manger dans sa main, et, la nuit, quand l'empereur ne pouvait pas dormir, Bulbul chantait si bien, que l'empereur oubliait tous les soucis de son métier.

Mais un jour son ministre lui dit:

«Je connais un rossignol qui chante aussi le jour et qui a un bien beau plumage.»

Et il apporta à l'empereur un oiseau peint de brillantes couleurs et que l'on remontait avec une clef pour le faire chanter.

Et l'empereur trouva le nouveau rossignol si joli, et il écoutait si souvent sa chanson, qu'il oublia son Bulbul. Et Bulbul serait mort de faim si la petite fille de la cuisinière ne l'avait adopté.

Mais, à force de remonter le rossignol mécanique, la clef cassa, et l'oiseau cessa de chanter.

Personne ne put le raccommoder, et l'empereur devint si triste, qu'il tomba gravement malade.

Mais, une nuit qu'il était près de mourir, il entendit

heard next to his bed a voice so melodious that he felt returned to life.

It was Bulbul who sang. And Bulbul sang until the emporer was completely healed.

"Oh! Bulbul," said the emperor, "your plumage is less pretty, and you do not sing all the time like the other one; but you are a friend, and you come when one needs you."

And the recovered emperor ordered for Bulbul a golden cage and a small diamond crown.

soudain à côté de son lit une voix si mélodieuse, qu'il se sentit revenir à la vie.

C'était Bulbul qui chantait. Et Bulbul chanta jusqu'à ce que l'empereur fût complètement guéri.

«Oh! Bulbul, dit l'empereur, ton plumage est moins joli, et tu ne chantes pas tout le temps comme l'autre; mais tu es un ami, et tu viens quand on a besoin de toi.»

Et l'empereur reconnaissant commanda pour Bulbul une cage d'or et une petite couronne de diamants.

FIR TREE

There once was a small tree who dreamed of being a ship's mast so he could travel and see the world.

When he was big, he was cut down, stripped of his bark, and became, according to his wish, the mainmast of a frigate.

But he was bored because of the length and monotony of his crossings.

"Ah!" he said. "It was so good in my native forest! I had moss at my feet and sometimes nests in my branches; and little children gathered my needles, and often they danced around my trunk singing. And now I am all dry, all naked and all alone. Ah! If I had known! If only I had been a greasy pole[1]!"

And he sighed so loudly that all the ropes creaked.
But at that moment a flight of swallows passed over the sea.

They came from the countries of the North and were going to Egypt.

They descended on the ship and landed on the mast, which they almost completely covered with their wings. The mast even heard their little hearts beat, and their feathers brushed him like a rustle of leaves.

He listened to what they said to each other. The talked only of his country, from which they had come. And the poor tree felt so happy, that he fell asleep imagining that he was back in his forest.

---

1   In French festivals, the *mât de cocagne* is a greasy pole with prizes at the top for those who can climb up and grab them.

SAPIN

Il y avait un petit sapin qui rêvait d'être mât de navire afin de voyager et de voir le monde.

Quand il fut grand, on l'abattit, on le dépouilla de son écorce, et il devint, selon son vœu, grand mât sur une frégate.

Mais il s'ennuyait à cause de la longueur et de la monotonie des traversées.

«Ah! disait-il, comme il faisait bon dans ma forêt natale! J'avais de la mousse à mes pieds et quelquefois des nids dans mes branches; et les petits enfants ramassaient mes aiguilles, et souvent ils dansaient des rondes en chantant autour de mon tronc. Et maintenant je suis tout sec, tout nu et tout seul. Ah! si j'avais su! Si seulement j'avais pu être mât de cocagne!»

Et il soupira si fort, que tous les cordages en craquèrent.

Mais à ce moment un vol d'hirondelles passa au-dessus de la mer.

Elles venaient des pays du Nord et s'en allaient en Égypte.

Elles descendirent sur le navire et se posèrent sur le mât, qu'elles couvrirent presque entièrement de leurs ailes. Le mât entendit même leurs petits cœurs battre, et leurs plumes qui le frôlaient faisaient comme un bruissement de feuilles.

Il écoutait ce qu'elles disaient entre elles. Elles parlaient justement de son pays, d'où elles venaient. Et le pauvre sapin se sentit si heureux, qu'il s'endormit en se figurant qu'on l'avait ramené dans sa forêt.

TURTLE

John, Peter and Paul went to the races with their parents. They saw horses run, and they had lots of fun.

Returning home, John said to his brothers:
"What if we held races ourselves?"
"But we don't have any horses," answered Peter.
"What does it matter? We each have a turtle, and turtles can run as well as horses; slower, that's all."

Each child went to find his turtle. Then they chose three beautiful snails, which would be the jockeys.

John brought his box of colors, and painted each snail a different coat, one yellow, one red, one green.

He also wanted to make them caps. But the snails said, "No, thank you," and pulled back their feelers.

The three children prepared a track in the garden, with posts at the end, and a gallery with roses and carnations, which played the elegant ladies.

Then they lined up their three tutles mounted by the three snails, and John gave the signal to start.

But alas! None of the three turtles moved.

Then Peter ran to find his drum, and Paul tickled the turtles' tails with twigs.

TORTUE

Jean, Pierre et Paul étaient allés aux courses avec leurs parents. Ils avaient vu courir des chevaux, et cela les avait beaucoup amusés.

Rentrés à la maison, Jean dit à ses frères:

«Si nous faisions courir, nous aussi?

—Mais nous n'avons pas de chevaux, répondit Pierre.

—Qu'est-ce que cela fait? Nous avons chacun une tortue, et des tortues peuvent tout aussi bien courir que des chevaux; plus lentement, voilà tout.»

Chaque enfant alla donc chercher sa tortue. Puis ils choisirent trois beaux escargots, qui seraient les jockeys.

Jean apporta sa boîte à couleurs, et il peignit à chaque escargot une casaque différente, une jaune, une rouge, une verte.

Il voulut aussi leur fabriquer des casquettes. Mais les escargots dirent: «Non, merci,» et rentrèrent leurs cornes.

Les trois enfants préparèrent une piste dans le jardin, avec des poteaux au bout, et une tribune avec des roses et des œillets, qui figuraient les dames élégantes.

Puis ils alignèrent leurs trois tortues montées par les trois escargots, et Jean donna le signal du départ.

Mais, hélas! aucune des trois tortues ne bougea.

Alors Pierre courut chercher son tambour, et Paul chatouilla la queue

The turtles finally decided to leave. But, instead of going straight in front of them, they went to the right or to the left, and Paul's turtle even came back.

Then John had an idea:

"What if we put salads instead of poles!"

Quickly, at the end of the track, the children planted three beautiful salads.

When the turtles saw this appetizing greenness, they marched all on their own, and John's walked so quickly that his jockey, I mean to say his snail, fell to the ground.

It arrived at the end first; and for its reward, it was given the posts to eat, I mean to say the salads, and even the roses and carnations from the gallery, which played the elegant ladies.

des tortues avec des brindilles.

Les tortues se décidèrent enfin à partir. Mais, au lieu d'aller droit devant elles, elles allaient à droite ou à gauche, et la tortue de Paul revint même en arrière.

Alors Jean eut une idée:

«Si nous mettions des salades au lieu de poteaux!»

Et vite, au bout de la piste, les enfants plantèrent trois belles salades.

Quand les tortues virent cette appétissante verdure, elles se mirent en marche toutes seules, et celle de Jean avança si rapidement que son jockey, je veux dire son escargot, roula à terre.

Elle arriva la première au but; et, pour sa récompense, on lui donna à manger les poteaux, je veux dire les salades, et même les roses et les œillets de la tribune, qui figuraient les dames élégantes.

Universe

This is a big word and a very big thing, too; because it means the whole world.

But this can also mean the place where one lives, where one has his habits and where one is happy.

Thus, the dining room is the universe of the fly.

The pond is the universe of the fish.

The meadow is the universe of the cow.

The forest is the universe of the rabbit.

The village or the town is your universe to you, my children; and, when you are grown, it will be the whole of France, with its seas, its islands, its colonies, and all you will see, and everything that you will understand.

UNIVERS

C'est un bien grand mot et une bien grande chose aussi; car cela veut dire le monde entier.

Mais cela peut signifier aussi l'endroit où l'on vit, où l'on a ses habitudes et où l'on est heureux.

Ainsi, la salle à manger est l'univers de la mouche.

L'étang est l'univers du poisson.

La prairie est l'univers de la vache.

La forêt est l'univers du lapin.

Le village ou la ville est votre univers à vous, mes enfants; et, quand vous serez grands, ce sera la France entière, avec ses mers, ses îles, ses colonies, et tout ce que vous saurez voir, et tout ce que vous saurez comprendre.

VIOLETS

You know, my children, that violets are the emblem of modesty. Because they grow in the dark wood, in the shadow of other plants; and also they hide their delicate faces behind their large green leaves, as shy young girls hide behind their veils.

Now, one day, a poet walked in a forest where a lot of violets perfumed the air deliciously.

Intoxicated by this perfume, he wrote verses in honor of the humble flower of the woods, and he recited them out loud.

At his feet, one violet listened. She thought that he spoke only to her, and to be known and sung about by a poet, this made her forget all modesty.

She stretched out her neck from behind her leaves, vainly turning her head to the left and to the right, and admiring

herself complacently in a large drop of dew that remained hanging from a blade of grass.

"Ah!" she said to herself. "How pretty I am and how good I smell! I must be prettier than the other flowers, and my perfume must be more agreeable than the other perfumes of the forest,

VIOLETTES

Vous savez, mes enfants, que les violettes sont l'emblème de la modestie. Car elles poussent dans les bois obscurs, à l'ombre d'autres plantes; et même elles cachent leur visage délicat derrière leurs grandes feuilles vertes, comme font les jeunes filles timides derrière leur éventail.

Or, un jour, un poète se promena dans une forêt où il y avait beaucoup de violettes qui embaumaient l'air délicieusement.

Grisé par ce parfum, il fit des vers en l'honneur de l'humble fleur des bois, et il les récita tout haut.

A ses pieds, une violette l'entendit. Elle crut qu'il ne parlait que pour elle, et de se savoir ainsi chantée par un poète, cela lui fit oublier toute modestie.

Elle allongea son cou derrière ses feuilles, tourna vaniteusement sa tête à gauche et à droite, et se mira avec complaisance dans une grosse goutte de rosée qui était restée pendue à un brin d'herbe.

«Ah! disait-elle, que je suis jolie et que je sens bon! Je dois être plus jolie que les autres fleurs, et mon parfum doit être plus agréable que tous les autres parfums de la forêt, puisque c'est sur moi seule que le poète a

since it is only about me that the poet writes verses."

But at that moment the old wood fairy passed who is the supervisor of the flowers.

With her wand, she slapped the violet on the cheek.

"Impudent child!" she said. "Return under your leaf, and to punish you for your vanity, I remove your perfume."

Violet was sorry. She cried so much that a young fairy, who was going for a walk on this side, took pity on her.

"Poor child," she said. "I cannot give you back your perfume; but, since you have so much sorrow, I will make your tears into clearer petals, purple petals; and at least, if you are not fragrant, you will be even prettier."

And, having said this, the fairy changed the violet of the wood into a Parma violet.

And that is why Parma violets have no perfume.

fait des vers.»

Mais à ce moment passa la vieille fée des bois qui est la surveillante des fleurs.

Avec sa baguette, elle donna une tape sur la joue de la violette.

«Petite impudente! dit-elle, rentrez sous votre feuille, et pour vous punir de votre vanité, je vous enlève votre parfum.»

Violette fut désolée. Elle pleura tant, qu'une jeune fée, qui venait en promenade de ce côté, eut pitié d'elle.

«Pauvre petite, dit-elle, je ne peux plus te rendre ton parfum; mais, puisque tu as tant de chagrin, je fais de tes larmes des pétales plus clairs, des pétales mauves; et du moins, si tu n'es pas odorante, tu seras plus jolie.»

Et, ayant dit, la fée changea la violette des bois en une violette de Parme.

Et voilà pourquoi les violettes de Parme n'ont pas de parfum.

XAVIER

Little Xavier told his classmates, Maurice and John:

"Let's play! I will be the driver, Maurice will be the horse, and John will be the dog that barks at the coach."

Maurice was very good at being the horse. He snorted, raised his feet very high and seemed much amused with himself.

Then Xavier said:

"I would like to be the horse."

"As you like," said little Maurice.

Little John, who was always the dog, barked with all his might, ran to the right and to the left, and seemed very happy.

Then Xavier said:

"I would like to be the dog."

But his mother, who was watching the game of the three children, said to Xavier:

"I think you would be good for the driver, the horse and the dog."

"Oh! Yes," said Xavier.

"But you cannot be everything. You must choose."

"That is very annoying."

XAVIER

Le petit Xavier dit à ses petits camarades, Maurice et Jean:

«Jouons! Je serai le cocher, Maurice sera le cheval, et Jean sera le chien qui aboie après la voiture.»

Maurice fit très bien le cheval. Il hennissait, levait les pieds très haut et paraissait s'amuser beaucoup.

Alors Xavier dit:

«Je voudrais être le cheval.

—Comme tu voudras,» dit le petit Maurice.

Le petit Jean, qui faisait toujours le chien, aboyait de toutes ses forces, courait à droite et à gauche, et semblait très content.

Alors Xavier dit:

«Je voudrais être le chien.»

Mais sa mère, qui regardait jouer les trois enfants, dit à Xavier:

«Je crois bien que tu voudrais être à la fois le cocher, le cheval et le chien.

—Oh ! oui, dit Xavier.

—Mais on ne peut pas être tout. Il faut choisir.

—C'est bien ennuyeux.»

YVONNE

Yvonne was a little girl who could not sit still at the table. She squirmed, she leaned to the right, to the left, forward, backward; she climbed down from her chair to play with the dog Medor, or she put the cat Minouche on her knees.

Her mother scolded her, her father punished her, but Yvonne was not corrected.

One day, this was a Sunday, there was a very good lunch, a chocolate cream and lots of cakes.

Yvonne had promised to be good, because she did not want to be deprived of dessert.

At the start, everything went well. But little by little the young girl returned to her bad habit; she rocked on her chair, forward and backward, while the dog Medor and the cat Minouche looked at her as if to say:

"Take care! Take care! We know someone who will fall."

And indeed, suddenly she lost her balance. She tried to hold onto the table; she clung to the tablecloth and boom! Everything fell on her and her chair, all of it, the plates, bottles, glasses, forks and the cream. She had sore arms and legs, and had to be carried to her bed.

Medor and Minouche at first lamented, then they consoled themselves by eating the cream and the cakes under the table.

YVONNE

Yvonne était une petite fille qui ne pouvait pas se tenir tranquille à table. Elle gigotait, elle se penchait à droite, à gauche, en avant, en arrière; elle descendait de sa chaise pour jouer avec le chien Médor, ou elle prenait la chatte Minouche sur ses genoux.

Sa mère la grondait, son père la punissait, mais Yvonne ne se corrigeait pas.

Un jour, c'était un dimanche, il y avait un très bon déjeuner, une crème au chocolat et beaucoup de gâteaux.

Yvonne avait promis d'être sage, parce qu'elle ne voulait pas être privée de dessert.

Au commencement, tout alla bien. Mais peu à peu la petite fille fut reprise par sa mauvaise habitude: elle se balança sur sa chaise, en avant et en arrière, tandis que le chien Médor et la chatte Minouche la regardaient avec un air de dire:

«Prends garde! prends garde! Nous connaissons quelqu'un qui va tomber.»

Et en effet, tout à coup, elle perdit l'équilibre. Elle voulut se retenir à la table; elle se cramponna à la nappe, et patatras! Tout se renversa sur elle et sur sa chaise, tout, les plats, les bouteilles, les verres, les fourchettes et la crème. Elle eut mal aux bras et aux jambes, et on dut l'emporter dans son lit.

Médor et Minouche se lamentèrent d'abord, puis ils se consolèrent en mangeant sous la table la crème et les gâteaux.

Zero

In life, when you are good for nothing, others call you a "zero."

Work hard at learning your alphabet and reading these stories, and I promise you that they will never tell you:

"Little Mary? Little John? Oh! That's a zero."

ZÉRO

Dans la vie, quand on n'est bon à rien, les autres vous appellent un «zéro».

Appliquez-vous donc à bien apprendre votre alphabet et à lire ces contes, et je vous jure qu'on ne dira jamais de vous:

«La petite Marie? Le petit Jean? Oh! c'est un zéro.»